Barati, baratin

Paroles - Gilles Vigneault
Musique - Gilles Vigneault, Robert Bibeau
Interprète - Yves Lambert

C'est Monsieur de la Misaine
Il dit qu'il est capitaine
Mais moi, j'ai vu son bateau
Naviguer dans le ruisseau
Barati, baratin, haut-fond
Un haut-fond dans son jardin

C'est Monsieur de Carapatte
Il dit qu'il est acrobate
En allant se promener
Il est tombé sur son nez
Barati, baratin, filet
Un filet dans son jardin

C'est Monsieur de la Parlure
Qui conte mille aventures
N'est jamais sorti d'ici
C'est sa femme qui l'a dit
Barati, baratin, trésor
Un trésor dans son jardin

C'est Monsieur de la Guimauve
Se disait dompteur de fauves
Est venu chercher papa
Pour se défendre d'un rat
Barati, baratin, gros chat
Un gros chat dans son jardin

C'est Monsieur de la Carrière
Qui se dit tailleur de pierre
Il s'est écorché les doigts
C'est en écalant des noix
Barati, baratin, caillou
Un caillou dans son jardin

La marmite

Paroles et musique - Gilles Vigneault • Interprète - Richard Desjardins

Ils ont mis dans la marmite
Trois bottines déjà cuites
Ils ont mis dans le chaudron
Le vieux lustre du salon
Le chapeau du vieux garçon
Les oreilles du dragon
Avec trois petits cochons
Tout ronds
Ils ont mis le feu dessous

Ça sentait jusqu'à chez nous
Ça mijote, ça mijote
Venez goûter mon ragoût
Tout le monde est invité
Tout le monde en a mangé
Tout le monde au lit
Trois jours et trois nuits
Mais la vieille Anasthasie
A guéri son panaris. Merci !

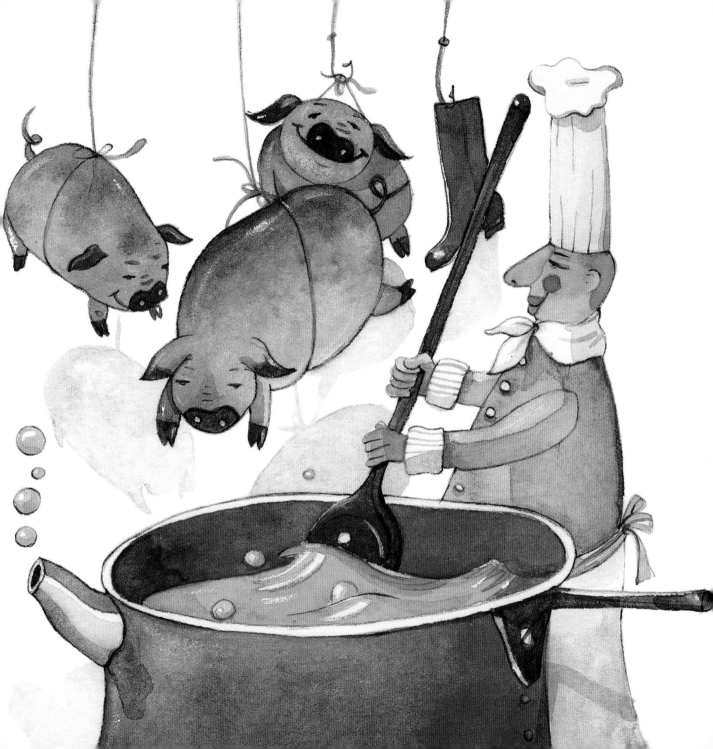

Le petit bonhomme

Paroles et musique - Gilles Vigneault   Interprète - Luck Mervil

J'ai connu un petit bonhomme
Tout nu-tête et tout nu-pieds
Qui chargeait des pépins de pomme
Dans un grand bateau de papier
Et souque et hisse et ho

Il m'a parlé d'abordage
De tempête et de danger
Mais en parlant de naufrage
Il continuait de charger
Et souque et hisse et ho

M'a conté ce qu'est la guerre
M'a parlé d'un tendre amour
Dont il ne reste plus guère
Que des mots de troubadour
Et souque et hisse et ho

Quand il m'a parlé des hommes
C'est qu'il en pensait ceci :
«Ils ont mangé tous les pommes
Les pommes, les pommiers aussi»
Et souque et hisse et ho

Je m'en vais en Nouveau-Monde
Tout est à recommencer
Paraît que la terre est ronde
Je veux savoir comment c'est
Et souque et hisse et ho

Quand j'ai parlé de ma peine
Il m'a dit : «Moi, j'ai pas le temps
Quand on est un capitaine
On est bien trop important»
Et souque et hisse et ho

Et j'ai compris l'Atlantique
Sur un peu d'asphalte cuit
Où ce cargo fantastique
Partait pour de grands pays
Et souque et hisse et ho

J'ai connu un petit bonhomme
Tout nu-cœur et tout nu-mains
Qui disait à tous les hommes
Le chemin du lendemain
Et souque et hisse et ho

Une chanson pomme

Paroles - Gilles Vigneault   Musique - Gilles Vigneault, Robert Bibeau
Interprète - Lynda Lemay

Une chanson pomme
Pour un petit homme
Qui fera dodo
Dans son lit tantôt

Une chanson poire
C'est pour la nuit noire
Un refrain gris-bleu
C'est pour quand il pleut

Une chanson prune
C'est au clair de lune
Un arbre tout noir
Muet dans le soir

Une chanson pêche
Le chat se dépêche
Le refrain sourit
Ne fait pas de bruit

Chanson de l'orange
Pour un petit ange
Endormi au loin
Dans le champ de foin

Les hiboux se taisent
C'est la chanson fraise
Le goût en est doux
J'en voudrais beaucoup

Bleuets et groseilles
Font dans mon oreille
Un petit bruit fin
Noisette et raisin

La chanson framboise
Le loup s'apprivoise
Dans le refrain vert
D'un sapin, l'hiver

C'est la chanson pomme
Pour un petit bonhomme
Un panier de fruits
Pour passer la nuit

pomme

poire

prune

Comptine pour endormir l'enfant
qui ne veut rien savoir

Paroles - Gilles Vigneault   Musique - Gilles Vigneault, Gaston Rochon   Le texte du «câleur» est une improvisation de Davy Gallant

Interprètes - Hart-Rouge (Suzanne, Michelle et Paul Campagne) avec Davy Gallant

Un mouton, deux moutons blancs
S'en vont traverser le champ
Des moutons de porcelaine
Avec des sabots de laine
Un mouton, deux moutons blancs
S'en vont traverser le champ

mardi

Trois et quatre moutons gris
S'en vont traverser la Nuit
Attention ! la lune est pleine
On voit le loup dans la plaine
Trois et quatre moutons gris
S'en vont traverser la Nuit

mercredi

Cinq et six moutons tout bleus
S'en vont traverser le Feu
Un vieux loup de prétentaine
Glace le sang dans les veines
Cinq et six moutons tout bleus
S'en vont traverser le Feu

jeudi

Sept et huit moutons tout verts
S'en vont traverser l'Hiver
L'eau gèle dans les fontaines
On voit le loup qui s'amène
Sept et huit moutons tout verts
S'en vont traverser l'Hiver

Neuf et dix, onze moutons noirs
S'en vont traverser le Soir
Pour que tu n'aies pas de peine
Le loup est en porcelaine
Neuf et dix, onze moutons noirs
S'en vont traverser le Soir

Le douzième est transparent
Il a traversé le Temps
Cela finit ma semaine
Et cela fait ma douzaine
Le douzième est transparent
Il a traversé le Temps

Les souliers sont délacés
Tous les moutons sont passés
Le treizième se démène
Pour passer dans la douzaine
Les souliers sont délacés
Tous les moutons sont passés

Le réverbère

Texte - Gilles Vigneault Interprète - Macha Grenon

Une petite fille qui avait son jardin à elle y avait planté des ampoules électriques dans l'espoir (un bien petit espoir) qu'il y pousserait des fleurs lumineuses ou peut-être, elle ne savait trop sous quelle forme, simplement de la lumière.

Comme il n'y poussait rien au bout de plusieurs semaines, elle n'insista pas davantage et finit par oublier la chose. Elle avait grandi d'ailleurs pendant ce temps.

Quinze ans après, alors qu'elle arrivait parfois, avec bien des conditions difficiles, à être encore une petite fille, elle se rendit à son ancien jardin.

D'abord elle n'en reconnut rien. Une rue passait par là. Il y avait des maisons plus loin. Ici tout près, à peine un petit coin de parc. Mais à deux pas d'un vieil orme qu'elle avait bien connu, à la place exacte de son jardin, avait poussé très haut et fleurissait pour la nuit toute proche, un réverbère.

Les boîtes

Paroles et musique - Gilles Vigneault Interprète - Michel Faubert

Une boîte en soie
Pour cacher sa joie
Une boîte en flamme
Pour cacher son âme
Une boîte en feu
Pour cacher ses yeux
Une boîte en fleur
Pour cacher son cœur

Une boîte en pluie
Pour cacher la vie
Une boîte en neige
Pour cacher le piège
Une boîte en plomb
Pour cacher son nom
Une boîte en vent
Pour cacher le temps

Une boîte en glace
Pour cacher l'espace
Une boîte en laine
Pour cacher ma peine
Une boîte en fer
Pour cacher l'hiver
Une boîte en or
Pour cacher la mort

J'ai pour toi un lac

Paroles et musique - Gilles Vigneault  Interprète - Nancy Dumais

J'ai pour toi un lac quelque part au monde
Un beau lac tout bleu
Comme un œil ouvert sur la nuit profonde
Un cristal frileux
Qui tremble à ton nom comme tremble feuille
À brise d'automne et chanson d'hiver
S'y mire le temps, s'y meurent s'y cueillent
Mes jours à l'endroit mes nuits à l'envers

J'ai pour toi très loin une promenade
Sur un sable doux
Des milliers de pas sans bruit, sans parade,
Vers on ne sait où
Et les doigts du vent des saisons entières
Y ont dessiné comme sur nos fronts
Les vagues du jour fendues des croisières
Des beaux naufragés que nous y ferons

J'ai pour toi défait mais refait sans cesse
Les mille châteaux
D'un nuage aimé qui pour mon prince
Se ferait bateau
Se ferait pommier se ferait couronne
Se ferait panier plein de fruits vermeils
Et moi je serai celle qui te donne
La terre et la lune avec le soleil

J'ai pour toi l'amour quelque part au monde
Ne le laisse pas se perdre à la ronde

Capot l'ourson

Paroles - Gilles Vigneault Musique - Gilles Vigneault, Robert Bibeau
Interprètes - Michel Rivard et Adèle Trottier-Rivard

Papa, pourrais-tu faire une maison ?
C'est pour mon ourson
Depuis un mois qu'il me demande
Ce n'est pas pour moi
Ce n'est pas pour moi
Moi, j'aime mieux dormir chez toi
Ce n'est pas pour moi
C'est pour Capot l'ourson
Qu'il faudrait faire une maison

Trois bouts de carton
Les grands ciseaux
Et puis la colle
Un crayon au plomb
Pour faire un plan, avant
Du lait, des biscuits
Un grand tableau
Comme à l'école
Un plein camion d'idées
Un cargo de temps

Papa, pourrais-tu me faire un bateau
Pour jouer dans l'eau
Capot serait le capitaine
Ce n'est pas pour moi
Ce n'est pas pour moi
J'aime mieux courir dans les bois
Ce n'est pas pour moi
C'est pour l'ourson Capot
Je ne sais pas faire un bateau

Papa, Capot parle d'un grand vaisseau
Pour voler là-haut, Capot et moi
Vers les étoiles
Une idée à lui
Une idée à lui
Capot serait le grand héros
Une idée à lui
Je serais matelot
Voudrais-tu nous faire un vaisseau ?

Capot, papa dit qu'il n'a pas le temps
Mais je sais comment
Te faire un vaisseau de l'espace
Tu le conduiras
Tu le conduiras
Et je te guiderai d'en bas
Tu le conduiras
Sur les chemins du temps
Je voudrais bien en faire autant

Les amours les travaux

Paroles - Gilles Vigneault Musique - Gilles Vigneault, Robert Bibeau
Interprètes - Hart-Rouge (Suzanne, Michelle et Paul Campagne) avec Gabriel et Aleksi Campagne

Les amours les travaux
Même le chant d'un oiseau
Ton cœur, mes mots
Font tourner le monde

Une saison pour semer
Une saison pour attendre
Les automnes les plus tendres
Ont pris source au mois de mai

Je cherchais pour mes enfants
De quoi se faire une ronde
Et faire tourner le monde
Sans contrarier le vent

J'ai trouvé dans un berceau
Les seuls propos qui promettent
Et l'espoir de ma planète
Dans les rives d'un ruisseau

Nous aurons fait quelques fois
Chanson de nos voix multiples
J'étais donc votre disciple
Ma voix, c'était votre voix

Le trésor

Paroles - Gilles Vigneault  Musique - Gilles Vigneault, Bruno Fecteau
Interprète - Sylvain Cossette

J'ai mis de côté des silences
Dans un coin du temps
Ils ont inventé des romances
À mon cœur battant
Mettez de côté quelques rires
Dans un coin du jour
Il faut si peu pour interdire
Le sommet d'amour

C'est ma fortune
Parlez tout bas
Même la lune
Ne le sait pas
C'est ma fortune
C'est mon trésor
Sable des dunes
Au vent du nord

J'ai mis de côté des nuages
Dans un coin du ciel
Ces vieux compagnons de voyage
Mangent le réel
Mettez de côté des caresses
Dans un coin de vous
Et sachez que tout m'intéresse
Au plus que partout

J'ai mis de côté des paroles
Dans un coin du vent
Ce sont de naïves boussoles
Qui trompent souvent
Mettez de côté quelques larmes
Dans un coin du cœur
C'est la plus tendre de vos armes
Si vous avez peur

Un soir d'hiver

Paroles et musique - Gilles Vigneault   Interprètes - Luca et Pénélope Asselin avec Davy Gallant

Te souviens-tu d'un soir d'hiver après souper chez Mononcle Aimé. La fois où Matante Emma avait dit «Mon Dieu Seigneur, le temps est long. Des soirs de même, si on avait des instruments, tu pourrais faire un peu de musique».

- Oui, oui, nous étions tous couchés, les six enfants. Mononcle avait répondu : «Mais on en a des instruments !».

- Et Matante avait dit «Mon pauvre Aimé, là, tu radotes. T'as pas de violon, t'as pas de guitare, sans ces deux-là, tu ne peux rien faire».

- Et Mononcle avait répondu : «On va voir ça, ma chère Emma, faut faire avec le peu qu'on a, on a des verres, on a des plats, puis des chaudrons, puis des cuillères, puis des bouteilles».

- On écoutait tout ça, les six enfants, en s'approchant de l'escalier. Mononcle voulait qu'on descende.

- Matante lui avait dit : «En tout cas, si les bouteilles que t'as vidées, ça va jouer de la musique, mon pauvre Aimé, mon pauvre Aimé, t'en as pour faire un gros orchestre».

- Et Mononcle s'est mis à turlutter.

- C'est là que la fête a commencé.

- On a chanté, on a dansé, on a passé la nuit entière dans la cuisine.

- Et le lendemain, Matante Emma racontait à la voisine qu'il faut savoir faire son bonheur avec des riens.

Sur le bout de la langue

Paroles - Gilles Vigneault　Musique - Gilles Vigneault , Gaston Rochon
Interprètes - Davy Gallant et Paul Campagne

La mariée a perdu son anneau dans la rivière
L'anneau dans un poisson le poisson dans le…
J'avais ça sur le bout de la langue
Si tu l'as trouvé tu n'devrais pas l'oublier

Il a perdu son dictionnaire
Dans le haut du trécarré
Il a perdu sa grammaire
Dans le ruisseau du grand pré
Va demander à ta mère
Qui c'est que les a trouvés
C'est son père et son grand-père
Et le bonhomme Honoré

La mariée a perdu son anneau dans la rivière
L'anneau dans un poisson
Le poisson dans l'oiseau l'oiseau dans le…
J'avais ça sur le bout de la langue
Si tu l'as trouvé tu n'devrais plus l'oublier

Bien sûr qu'en bas de l'usine
Là où c'est écrit danger
L'eau n'est pas pour la cuisine
Ni le poisson pour manger
Le dictionnaire ! Imagine…
Passer tout l'hiver figé
Sous les enfants qui patinent
Sur la rivière en congé

La mariée a perdu son anneau dans la rivière
L'anneau dans un poisson
Le poisson dans l'oiseau
L'oiseau dans le nid et le nid dans un…
J'avais ça sur le bout de la langue
Si tu l'as trouvé tu n'devrais plus l'oublier

On a retrouvé des pages
Jusqu'au bord de l'Anse-au-Sel
Vous parlez d'un nettoyage
Passer du gel au dégel
C'est un singulier voyage
Pour un pronom personnel
Un mot qui perd ses parages
Perd aussi son naturel

La mariée a perdu son anneau dans la rivière
L'anneau dans un poisson
Le poisson dans l'oiseau
L'oiseau dans le nid
Le nid dans un arbre et l'arbre dans la…
J'avais ça sur le bout de la langue
Si tu l'as trouvé tu n'devrais plus l'oublier

Il a refait son dicitionnaire
Page à page et mot à mot
Il a retrouvé sa grammaire
En lisant les vieux journaux
Et le cheval de mes chimères
Attelé à mon borlot
Il est retourné chez sa mère
Par quarante en bas d'zéro

La mariée a perdu son anneau dans la rivière
L'anneau dans un poisson
Le poisson dans l'oiseau
L'oiseau dans un nid
Le nid dans un arbre
L'arbre dans la forêt et la forêt dans le…
J'avais ça sur le bout de la langue
Si tu l'as trouvé tu n'devrais plus l'oublier

Mais le fin mot de l'histoire
Il n'est pas dans ma chanson
Il est caché dans l'armoire
Des devoirs et des leçons
Il est dans votre mémoire
Depuis cent mille saisons !
Suffit seulement d'y croire…
Et d'pas rester vieux garçon

La mariée a perdu son anneau dans la rivière
L'anneau dans un poisson
Le poisson dans l'oiseau
L'oiseau dans un nid
Le nid dans un arbre
L'arbre dans la forêt
La forêt dans le dictionnaire !
Je l'avais sur le bout de la langue
Là je l'ai trouvé je ne devrais pas l'oublier

Berceuse pour Julie

Paroles - Gilles Vigneault  Musique - Gilles Vigneault, Robert Bibeau
Interprète - Daniel Lavoie

Le nuage est au gré du vent
Et la feuille au gré du courant
Ton cœur parle du temps qui fuit
Sur les eaux de la nuit
Comme au gré de l'amour, l'Enfant
Le nuage est au gré du vent

Reste encore un peu dans mes bras
Quelqu'un vient qui t'éveillera
En parlant d'ailleurs et d'amour
Il est tout alentour
Dans ton cœur, c'est son pas qui bat
Reste encore un peu dans mes bras

Berce-moi dans ton rêve encore
Tes chemins sont tout près, dehors
Tes jouets garderont nos jeux
Je jouerai avec eux
Une étoile s'allume au nord
Berce-moi dans ton rêve encore

Le nuage est au gré du vent
Et la feuille au gré du courant
Ton cœur parle du temps qui fuit
Sur les eaux de la nuit
Comme au gré de l'amour, l'Enfant
Le nuage est au gré du vent

Réalisation Paul Campagne Direction artistique Roland Stringer Mixage et mastering Davy Gallant Prise de son Davy Gallant, Paul Campagne, Toby Gendron Illustrations Stéphane Jorisch Conception graphique Stephan Lorti Musiciens Davy Gallant – batterie, guitares acoustique et électrique, banjo, mandoline, guimbarde, flûtes, pieds, percussions, cuillères, bouteilles, casseroles, effets sonores Paul Campagne – guitares acoustique et électrique, basse, claviers, effets sonores, percussions Denis Fréchette – piano, accordéon Bob Cohen – guitares acoustique, classique et électrique Claude Castonguay – claviers Jonathan Moorman – violon Dominique Lanoix - guitares électrique et «slide» (Les boîtes) Michelle Campagne – effets sonores Daniel Lavoie – piano (Berceuse pour Julie) Yves Lambert – accordéon (Barati, baratin) Voix / enfants Gabriel et Aleksi Campagne Studios d'enregistrement Studio King (Greenfield Park), Dogger Pond Studio (Drummondville), Studio Karisma Montana (Montréal), Studio Victor (Montréal), Studio du Chemin 4 (Joliette), Studio de La Pruêche Libre (Joliette), Studio D. Noise (Toulouse), The Sound Suite Studios (Londres) Studio de mixage et mastering Dogger Pond Studio (Drummondville) Remerciements Michel Cusson, Véronique Croisile, Isabelle Desaulniers, Patricia Huot, François Asselin, Claude Brunet, Benoît Clermont, France Allard, Francine Saint-Denis, Martin Leclerc, Robert Vinet, Louise Dugas, Denis Wolff, Alain Simard, Pascal Roberge, Serge Brouillette, Isabelle Brouillette, Louis Poliquin, Ginette Achim, Manon Clément, Claude Larivée, Marie-Christine Champagne, Geneviève Mooney, Yves-François Blanchet, Céline Michaud, Françoise Boudrias, Louise Lalonde, Rémi Trépanier, Diane Lemay, Hélène Morin, Robbi Finkel, Phill Brown, Dan Behrman, Ross Reynolds, Randy Lennox, Frank Iacovella, Xavier Enfedaque, Benoît Vanasse, Brigitte Guy, Mona Cochingyan et Connie Kaldor Daniel Lavoie apparaît avec l'aimable autorisation de GSI Musique Michel Faubert apparaît avec l'aimable autorisation de La Compagnie Larivée Cabot Champagne et des Productions Mille-Pattes Yves Lambert apparaît avec l'aimable autorisation des Productions Mille-Pattes Nancy Dumais apparaît avec l'aimable autorisation des Projets D2 et Universal Music Macha Grenon apparaît avec l'aimable autorisation de l'Agence Ginette Achim Luck Mervil apparaît avec l'aimable autorisation des Productions Louis Poliquin Lynda Lemay apparaît avec l'aimable autorisation des Productions Caliméro et Warner Music Hart-Rouge apparaît avec l'aimable autorisation de Folle Avoine Productions Michel Rivard apparaît avec l'aimable autorisation de l'Équipe Spectra et des Disques Audiogram Richard Desjardins apparaît avec l'aimable autorisation des Productions Foukinic Sylvain Cossette apparaît avec l'aimable autorisation de Prodat Inc. et des Disques Victoire Et pour le coffre au trésor, un grand merci à Gilles Vigneault www.lamontagnesecrete.com Dépôt légal avril 2005. Bibliothèque nationale du Québec, Bibliothèque nationale du Canada. ISBN 2-923163-15-X – Loi 49-956 du 16 juillet 1949 sur les publications destinées à la jeunesse. Imprimé à Hong Kong, Chine par Book Art Inc. (Toronto). Tous droits réservés.